KB153130

아무도 없는 숲

아무도 없는 숲

김이환 글×박혜미 그림

미메시스

차례

그녀는 철망을 지나 숲 안으로 한 걸음 발을 디뎠다. 어디로 가야 할지 이미 알고 있었다. 굳게 마음먹은 다음이었으므로 마음이 홀가분했다. 나뭇가지와 담쟁이덩굴과 풀이 철망 너머로 조용히 뻗어 나와 있었다. 철망 안쪽은 평범한 숲으로만 보였다. 절대로 들어가면 안 되는 위험한 장소로 보이지 않았다. 그녀는 철망 틈 사이로 몸을 집어넣어, 스며들 듯이 안으로 들어갔다. 그런다고 무슨 일이 일어나지는 않았다. 방사능에 오염된 지역이라고 해서 식인 식물이 자라거나 머리가 두 개 달린 쥐가 튀어나와 사람을 무는 것도 아니었다. 그녀는 어두운 숲속으로 들어간 다음 나뭇가지 사이에서 걸음을 멈추고 숨을 죽였다. 로봇이나 군인이 나타나지 않았다. 다행이었다. 그녀는 다시 걷기 시작했다.

개울 앞에서 멈춰 흐르는 물을 유심히 내려다보다가, 핸드폰을 꺼내 불빛을 비춰 보았다. 나뭇가지와 낙엽, 죽은 풀, 기타 잡다한 신문지 등이 개울 주변에 쌓여 있었다. 물고기나 벌레는 보이지 않았다. 허리를 굽혀 신문지 사이에서 종이컵을 꺼냈다. 종이컵은 깨끗했다. 신문지를 하나하나 들춰 보며 사고가 일어난 후의 날짜를 찾아봤지만 없었다. 전부 발전소 사고 전의 신문이었다. 평화롭던 과거가 그곳에 쌓여 있었다. 종이컵을 천천히 씻어서 물을 담은 다음 개울을 건넜다. 수풀 사이로 계속 보였던 전원주택으로 다가갔다. 대문과 돌담은 무너지는 중이었고, 무릎 높이까지 풀이 자란 정원에는 자전거와 의자 종이 상자 등이 썩어 가고 있었다. 집 문 역시 열려 있었다. 누군가 소중하게 지은 전원주택이었지만 이제는 아무도 살고 있지 않았다.

거실로 들어가 주변을 돌아보았다. 이런 집이 있다는 걸 알고 있었다. 방사능 오염 지역 안의 귀신 나오는 흉가로 알려졌던 적 있었다. 호기심에 집에 들어가려다가 경찰에게 붙잡혀서 혼난 사람도 있다고 했다. 하지만 그것도 몇 년 전의 일이었다. 어두운 집에서 손전등을 켰다가 벽에 있는 사람 얼굴을 보고 흠칫 놀랐으나, 다시 보니 가족사진이었다. 저렇게 큰 가족사진을 거실에 걸어 놓는 사람도 있나. 그녀는 생각했다. 아빠와 엄마 그리고 아직 어린 두 딸로 이뤄진 가족이 사진 속에 있었다.

「아무도 없어.」

그녀는 중얼거렸다. 그들은 발전소에서 방사능이 유출됐을 때 급히 떠났을 것이다. 집에는 가재도구도 그대로 있었다. 몸만 간신히 떠났고 다시는 이곳으로 돌아오지 못한 것이다. 1층은 깨진 창문을 통해 여러 키가 큰 풀들이 천천히 집 안으로 침투 중이었다. 계단을 통해 2층으로 올라가 돌아보다가, 침대가 있는 방에 들어갔다. 아이들의 방이었다. 다른 물건이 쓰던 그대로 있는데 침대는 깨끗이 정돈해 놓은 것이 눈에 띄었다. 시험 삼아 장난감 몇 개를 움직여 보았으나 작동되지 않았다. 종이컵과 손전등을 먼지 쌓인 책상에 내려놓고 가방도 벗어서 놓았다. 가방에서 약 병을 꺼내 안에 있는 약을 한참을 들여다보았다. 손바닥에 약을 모두 쏟았다가, 고민 끝에 하나만 남기고 다시 넣었 다. 알약을 삼키고 물을 마셨다. 그리고 두 개의 침대 중 더 큰 쪽에, 하지만 여전히 그녀에게는 작은 침대에 누웠다.

땀을 뻘뻘 흘려서 더웠으나 창문으로 바람이 들어오 면서 곧 시원해졌다. 마음이 편안했다. 어두운 숲에 있는 폐가에 누웠는데도 불안하지 않았다. 그저 자신의 방에 불 을 끄고 누운 기분이었다. 하루에 있었던 많은 일을 곱씹었 다. 그때 느꼈던 초조함과 두려움을 생각했다. 그리고 이제 는 정말 막바지에 도착했다는 생각과 함께, 깜박 잠들었다.

어렴풋이 아이의 목소리를 듣고 잠에서 깼을 때 눈앞 에 희뿌연 얼굴이 있었다.

정말 귀신이 나온 줄 알고 벌떡 일어났다. 천만다행 으로 비명을 지르지는 않았는데, 오히려 숨이 목 안으로 넘어갔던 것이다. 어린아이가 그녀를 내려다보고 있었

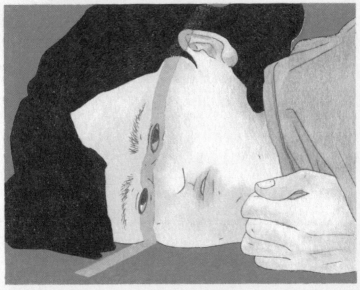

다. 그녀가 놀라서 올려다보는 동안에도 아이의 표정에는 변화가 없었다. 이곳은 귀신이 나오는 집이라고 했지. 전신에 소름이 돋았다. 가족사진 속에 있던 아이들도 떠올랐다.

그녀는 천천히 손을 뻗어 아이를 만져 보았다.

「귀신이 아니야.」

얼굴을 만지고 촉감과 체온을 느끼고 나서 알았다. 귀신이 아니라 살아 있는 아이였다. 그건 귀신을 본 것보다도 더 이상한 일이었다. 어째서 오염 지역 안에 아이가 있지? 아이는 몸을 돌려 달아났다. 그녀는 일어나 아이를 따라가려다가 소리를 들었다. 바람 소리, 새소리, 벌레 소리 사이로 밖에서 누군가 풀을 헤치고 걸어오는 소리가 있었다. 그녀는 손전등을 찾아 그게 무기라도 되는 듯이 꽉 쥐고는 다시 귀를 기울였다. 귀신보다 더 무서운 것이 오고 있었다. 사람이었다.

계단을 내려가 집 밖으로 도망치려고 했지만, 수면제 때문인지 몸이 잘 말을 듣지 않았다. 그녀는 간신히 마음을 다잡았다. 섣불리 움직이면 안 돼. 천천히 몸을 움직여

창으로 밖을 내려다보았다. 아이가 집 밖으로 달려 나갔고 큰 그림자가 아이를 향해 다가왔다. 덩치 큰 남자였다.

아이의 작은 목소리가 들렸다.

「아빠, 집에 누가 있어.」

「귀신이야.」

남자가 대답하자 벌레가 일제히 입을 다물었다.

「귀신이 사는 집이야. 안으로 다시 들어가면 무서운 귀신이 너를 잡아먹을지도 몰라. 빨리 도망가자. 발전소까지 가려면 길이 멀어.」

남자는 아이를 데리고 천천히 사라졌다. 길을 따라 멀어져 가던 발소리는 이윽고 들리지 않았다. 그동안 그녀는 침대에 조용히 앉아 있었다.

무슨 일인지 이해가 가기 시작했다. 남자와 아이가 숲에 있다. 부모와 자식이다. 방사능에 오염된 숲에 왔고 발전소로 가려고 한다. 아이를 데리고 어떻게 안으로 들어왔지? 이곳으로 들어오는 길은 그녀와 몇 사람밖에 모른다. 아니, 〈어떻게〉는 중요하지 않다. 〈왜〉가 중요하다. 왜 방사능에 오염된 숲에 아이를 데리고 온단 말인가? 그리고 발전소로 간다고 했지. 오염 지역 더 깊은 곳으로 들어가는 것이다. 이유는 뻔하다. 그녀와 같은 이유겠지. 그러면 아이는 어떻게 되는 거지?

그녀는 입술이 타는 것 같아서 컵에 있는 남은 물을 마셨다. 남자는 자살하러 온 것이다. 아니, 아이를 살해한 다음 자신은 자살하려는 거겠지. 그럴 수밖에 없다. 그렇지 않다면 왜 발전소로 가겠는가? 이건 잘못된 일이야. 살인이잖아. 죽으려면 혼자 곱게 죽을 것이지 아이는 왜 데려가. 하지만 어쩌지? 아이를 어떻게 살리지? 그녀는 생각했다. 나는 사람을 구하러 온 게 아니야, 죽으러 왔지.

발전소 방향은 알고 있었다. 어차피 그곳으로 갈 계획이었다. 하지만 상황이 달라졌다. 어떻게 남자를 따라잡아야 하나? 게다가 가는 도중에 남자에게 들키면 안 된다. 그리고 아이를 안전하게 빼내서 밖으로 데리고 가야 한다. 전혀 예상하지 못한 일정이었다. 새벽바람은 쌀쌀했고, 가방에서 긴팔을 꺼내 입고도 추워서 계속 팔을 문질렀다. 해가 뜨면 곧 더워질 것이다. 숲은 간간이 쓰레기 더미가 보이다가 발전소로 다가갈수록 가전제품이나 매트리스나 옷 더미 같은 큰 쓰레기가 나오기 시작했다. 간혹 불을 피 웠던 흔적도 보였다. 방사능 유출 사고 이후 도둑이 들끓 었을 때의 흔적일 것이다. 도시 안으로 들어가면 더 대단 하겠지. 흔적이 있다는 건 좋은 신호다. 이곳을 지나는 도 둑들은 경찰에게 안 잡혔다는 뜻이고, 지금 이곳에 있는 그녀도 드론이나 로봇에 들키지 않을 가능성이 큰 것이다.

아이와 남자는 발전소가 있는 바다 쪽을 향해 가고 있 을 것이다. 그러려면 도시를 가로질러 가야 한다. 도시로 들어가는 길은 전부 로봇이 지키고 있었다. 허가가 없으면 차가 지나갈 수 없다. 그러니 남자는 분명 걸어서 가고 있 을 것이고, 아이를 데리고 있으니 걸음이 빠르진 않을 것 이다. 부지런히 걸으면 따라잡을 수 있다. 그녀는 그들보 다 한참 늦게 출발했다.

「멍청하게 수면제를 왜 먹었지.」

머리가 어지러워 침대에 누워서 약효가 가라앉길 기 다렸다가 출발했고 걸음도 느렸다. 몸뿐 아니라 마음도 다잡기 어려웠다. 내 힘으로 아이를 구할 수 있을까. 그냥

포기할까, 무거운 발을 끌면서 자주 생각했다. 아이가 죽든 말든 말이다. 누구나 이곳에서 죽으면 조용히 사라지는 것이다. 따라가려면 남자가 떠났을 때 바로 따라갔어야지. 아니면 그 집에서 바로 아이를 데리고 도망쳐야 했는데. 그때는 왜 이런 생각을 못 했지. 그랬다면 이렇게 힘들어 걷지 않아도 됐을 텐데. 아니면 아예 경찰에 신고하거나……. 하지만 그건 위험했다. 오염 지역 20킬로미터 안쪽은 경찰이나 군인도 오는 데 시간이 걸린다. 그사이 추적당하는 걸 눈치 채면 남자가 먼저 아이를 죽일 가능성도 있었다.

복잡한 생각에 마음이 어지러워지자 그녀는 자주 걸음을 멈췄다. 마음을 굳게 먹기 힘들었다. 이런 생각할 때가 아니다. 자책하지 말자. 이런 일이 일어날 줄은 몰랐으니까. 어떻게 아이를 남자에게서 데리고 올지를 생각하자.

몇 시간 동안 남쪽으로 걸어가자 방사능 오염 지역을 둘러싼 높은 시멘트 벽이 나왔다. 그 너머에는 도시가 있었고 멀리 거대한 돔이 보였다. 그 안에 이제는 폐쇄된 발전소가 있을 것이다.

나무 뒤에 숨어 망원경으로 시멘트 벽 주변을 바라보았다. 하늘에는 몇 시간째 드론이 날아다니면서 벽 주변을 감시하고 있었다. 잘못 움직였다간 바로 들킬 것이다. 사람을 발견하면 바로 경고 메시지를 날리고 군인에게 연락을 보냈다. 총을 든 군인이 그녀를 추격하게 두고 싶지 않았다. 붙잡히면 그대로 체포돼 차에 실려 오염 지역 밖으로 쫓겨날 것이고, 그건 정말 싫었다.

수풀에서 계속 기다렸으나 드론이 떠날 기미가 보이질 않았다. 감시가 심하다는 것은 알았는데 이렇게 심한 줄은 몰랐다. 벽만 넘으면 도시가 나온다. 남자와 아이는 도시 안쪽으로 가고 있을 것이다. 빨리 뒤를 따라가야 한다는 생각에 초조했다. 그들은 어떻게 안으로 들어갔을까?

「시간이 없어. 일단 움직이자.」

돌멩이를 주워 미리 써둔 편지를 묶은 다음, 힘껏 던졌다. 드론에 정통으로 맞지는 않았지만, 드론의 주의는 확실히 끌었다. 드론이 돌멩이를 따라가는 동안 그녀는 수풀에서 나와 벽으로 다가갔다. 벽에 기대듯이 주차된 망가진 자동차 옆에 바짝 붙었다. 얼른 주머니에서 열쇠를 꺼내 차 문을 열고 들어가 조용히 닫았다. 몸을 눕혀 차 안으로 숨었다. 깨진 창문 너머로 살펴보니 드론은 땅에 떨어진 돌덩이 주변을 맴돌고 있었다. 드론이 녹화하는 영상을 확인하고 있는 군인은 누군가 돌을 던졌다는 걸 알아챌 것이다. 이곳으로 찾아와서 돌에 묶인 종이를 확인할 것이다. 그러면 남자가 아이를 데리고 있다는 그녀의 편지도 읽겠지.

하지만 군인이 언제 올 지 알 수 없으니 그녀도 추적을 계속해야 한다. 조수석 문을 열고 차 밖으로 나왔다. 수풀 밑을 엉금엉금 기었고, 한동안 풀을 헤치며 찾다가 문을 발견했다. 힘껏 당기자 뚜껑이 열렸고, 구멍에 몸을 밀어 넣어 안으로 들어갔다. 원래는 수로로 만든 통로를 이제는 그녀가 걸어가고 있었다. 그곳은 풀 냄새로 가득했다. 수로 벽에 누군가 쓴 글자가 보였다.

발전소 사고 책임자는 모두 죽어 마땅하다

개 조심

어울리지 않는 두 개의 문장이 나란히 있었다. 필체로 봐서는 한 사람의 글자였는데, 두 문장 사이의 시간 차이가 있었다. 최근 누군가 두 번 혹은 그 이상 이곳에 들어와 각각의 문장을 썼다는 것이다. 아니면 들어올 때 쓰고 나갈 때 썼거나. 괴상한 일이었다. 누가 썼을까? 〈밀고자〉는 아닐 것이다. 그는 오래전 오염 지역 안에서 죽었으니까. 그에게 오염 지역으로 들어오는 방법을 전달받은 이는 그녀와 몇몇 사람뿐이다. 낙서를 쓴 사람은 누굴까? 게다가 개 조심이라니. 위험한 야생 동물이 많다는 말은 들었다. 멧돼지, 개, 너구리 등등…… 조심할 만큼 위험할까?

그녀는 한동안 생각에 잠겨 있다가 수로를 지나서 밖으로 나왔다. 출구를 덮은 뚜껑을 위로 밀었지만, 잘 열리지 않았다. 한동안은 수로에 갇히는 것 아닌가 싶어 겁이 났다. 하지만 있는 힘껏 밀자 위로 완전히 열렸다. 밖으로 나와 출구를 다시 닫았다. 어두운 곳에서 밝은 곳으로 나오자 눈이 부시고 머리도 어지러웠다. 그곳은 나무와 수풀이 우거진 곳이었다. 대충 위치는 알고 있었다. 벽을 넘어서 온 이상 이제는 경찰이나 군인에 들킬 가능성이 없었다.

그리고 수풀에서 나와 길을 찾았을 때 개와 마주쳤다.

뭔가를 한참 뜯어 먹고 있다가 그녀의 발소리를 들은 개가 고개를 들어 으르렁 소리를 냈다. 먹고 있던 것은 죽은 고양이였다. 원래 개가 고양이를 잡아먹던가? 그녀는 생각했다. 개의 뒤에 한 마리가 더 있었다. 그리고 뒤에는 다시 두 마리가 더 있었다. 덩치 차이는 있었지만, 다들 중형견 이상의 크기였다. 늑대보다 작을 뿐인, 하지만 나머지 위험한 점은 모두 늑대와 같은 들개 무리였다.

개들은 비쩍 말라 있었고, 배가 고파서인지 피 냄새를 맡아서인지, 상당히 흥분한 상태였다. 개들은 일제히 으르렁대며 그녀를 노려보았다.

「개 조심…….」

그녀는 중얼거리고는 천천히 뒷걸음질했다가, 맨 앞의 개가 다가오기 시작해서 멈췄다. 그러자 개도 멈췄다. 뒤에 남은 개들은 여전히 그녀를 노려보았다. 맨 앞의 개는 그녀의 냄새를 맡기 시작했는데, 그러고는 크게 한번 짖었다. 몸이 덜덜 떨릴 만큼 아주 큰 소리였다.

개는 으르렁거리면서 천천히 다가왔다. 죽은 고양이

의 피와 내장의 냄새 또한 그녀에게 다가오는 것만 같았다. 도망갈 곳을 찾았지만, 한쪽은 수풀이고 다른 한쪽은 탁 트인 길이었다. 개보다 빨리 달릴 수는 없을 것이다. 달리 가진 무기도 없었다. 수로 안으로 다시 들어갈까. 입구를 열기 전에 개에게 물리지 않을 수 있을까. 그동안 개 뒤에서 새로운 개가 나타났고, 그 뒤를 따라 세 마리가 더 나타났다. 모두 열 마리의 큰 무리였다.

개가 나를 죽일까? 어차피 죽는 건 두렵지 않았다. 고통이 두려운 것이다. 그리고 남자에게 끌려가고 있는 아이는 어쩌지. 개들이 다가왔을 때 쿵쿵, 완전히 다른 걸음 소리가 등 뒤에서 들렸다. 느리지만 무거운 발소리였다. 무서워서 돌아보고 싶었지만, 함부로 움직였다간 개가 그녀를 바로 덮칠 것 같아 가만히 있었다. 들개 떼가 겁을 먹고 천천히 물러났을 때에야 뒤를 돌아보았다. 로봇 경찰견이 다가오고 있었다.

「오염 지역에서 즉시 떠나시기 바랍니다.」

커다란 금속 상자에 다리가 네 개 달린 것 같은 모양의 로봇이었다. 하지만 목과 머리는 없었다. 목소리는 몸

아무도 없는 숲

통에 달린 스피커를 통해서 흘러나왔다. 개들이 달려와 로봇의 몸을 물었다가 깨갱 소리를 내고는 뒤로 물러섰다. 로봇 경찰견은 개보다 크기가 훨씬 컸고 몸도 쇠와 플라스틱으로 되어 있으니 상대가 되지 않았다. 로봇이 그녀에게 다가오자 겁을 먹은 개들은 도망갔다.

그곳에는 로봇과 그녀 그리고 죽은 고양이만 남았다. 그녀는 한숨을 쉬었다.

「망했구나.」

로봇 경찰견에게 들켰으니 곧 위치가 전송될 것이다. 그때 갑자기 로봇에서 삑삑 전자음 소리가 났다.

「다가오지 마십시오. 오염 지역에서 즉시 떠나시기 바랍니다. 다가오지 마십시오.」

그녀는 로봇을 살펴보다가 몸통에 붙은 위험 표시를 보고 알았다.

「피폭됐구나.」

로봇이 몸통을 움직였을 때 등에 붉은 페인트로 엑스 표시가 되어 있고 그 옆에 작은 글자로 〈피폭〉이라고 씌어 있었다. 오염 지역 안에는 경찰 대신 오염 지역을 감시하는 4족 보행 로봇 경찰견이 있었다. 그중에 피폭이 심하게 된 것은 아예 관리도 안 한다는 말을 들었다. 바로 그런 로봇이었다. 그것들이 이렇게 돌아다니는 줄은 몰랐다. 피폭된 다른 트럭이나 군용 헬리콥터처럼 어디엔가 쌓여서 녹슬어 가고 있거니 했다. 몸통을 살펴보니 스피커 이외엔 다른 기능은 모두 정지시킨 것 같았다. 사람을 발견했다는 사실이나 지금의 위치를 경찰에게 전송하지 못하는 로봇이었다.

「이래서야 아무 쓸모도 없잖아.」

하지만 그건 그녀를 들개 떼의 습격에서 구했다. 그제야 정신이 돌아오는 것 같았다. 숨을 가쁘게 쉬고 있었고, 땀을 뻘뻘 흘리고 있다는 사실도 알아차렸다. 그녀는 털썩 바닥에 주저앉았다. 로봇은 그녀 주변을 맴돌면서 같은 말을 반복했다. 오염 지역에서 즉시 떠나시기 바랍니다. 오염 지역에서 즉시 떠나시기 바랍니다. 그녀는 다가가서 스피커에 연결된 전선을 떼어 내버렸다. 로봇은 말을 멈췄다.

그녀는 개가 반쯤 뜯어 먹은 고양이를 땅에 파묻어 주

아무도 없는 숲

려다가, 개가 돌아와서 다시 땅을 파헤치는 건 일도 아니라는 사실을 깨달았다. 그래서 고양이를 그냥 두고 걷기 시작했다. 로봇은 천천히 그녀를 따라왔다. 걸음이 정말 느린 로봇이었다.

「어디에 방사능 보호복이 있는지 알아?」

로봇에게 물었지만, 로봇은 대답하지 않았고 말없이 따라오기만 했다. 그녀도 대답을 바란 건 아니었다.

발전소 사고 초기에 도둑들이 몰려와 물건과 식량을 약탈했다. 그리고 그들은 모두 피폭되었다. 남아 있는 물건은 그대로 버려져 쓰레기가 되었다. 도시 자체가 거대한 쓰레기였다. 자동차도 쓰레기고 집도 쓰레기였다. 건물도 쓰레기였고 도로 같은 기반 시설도 쓰레기였다. 방사능에 오염된 나무와 돌과 땅도 쓰레기였다. 무너져 가는 벽, 썩어서 내려앉은 지붕, 부서지고 갈라진 길, 녹슨 자동차 그리고 수많은 쓰레기 더미들. 그녀는 쓰레기 사이를 걷고 또 걸었다.

남자도 아이도 보이지 않아서 초조했다. 이제 보여야

할 때가 됐는데. 대낮 햇볕이 내리쬐기 시작했고 이마에서 땀이 흘렀다. 따라오던 로봇 경찰견은 멀리 뒤처져 있었다. 발전소 반경 10킬로미터 지점에 다다랐고, 이제 아이와 마주칠 때가 됐다. 하지만 보이지 않았다. 분명 근방을 지났을 것이다. 반경 10킬로미터 지역으로 들어가는 입구는 이곳밖에 없었다. 너무 앞질러 왔는지 혹은 뒤처졌는지 가늠이 되질 않았다.

하지만 남자를 찾은 다음에는 어쩌지? 싸워야 할까? 내가 남자를 이기고 아이를 데려올 수 있을까? 그러다가 내가 죽을 수도 있다. 물론 죽는 건 무섭지 않았다. 문제는 반드시 아이를 데리고 나가야 한다는 것이다. 초조함 때문에 몸이 떨리기 시작해서, 그녀는 천천히 숨을 들이쉬었다가 내쉬었다. 지금은 이럴 때가 아니다. 약해지면 안 된다.

쾅쾅, 누군가 문을 내리치는 소리가 들렸다. 흠칫 놀란 그녀는 얼른 옆의 건물로 몸을 숨겼다. 남자일 것이라는 예감이 들었다. 귀를 기울여 어느 쪽인지 다시 소리가 들렸을 때, 방향을 알아냈다. 그녀는 건물 뒤쪽으로 돌아가 소리가 들리는 곳으로 다가갔다.

「저기 있다…….」

건물 사이의 골목으로 남자가 보였다. 쇠 파이프로 문을 두들기다가 발로 차서 문을 부수더니 안으로 들어갔다. 뭘 구하려는 걸까? 도시에는 아무것도 남아 있지 않을 것이다. 식료품은 군부대가 들어와 전부 폐기 처분했다. 설마 돈이 될 만한 물건을 가져가려는 것도 아닐 것이다. 그녀는 골목을 조심조심 걸어 아이가 있는 쪽으로 조용히 다가갔다. 아이는 길에 혼자 있었다. 갑자기 지금이 기회라는 생각이 번쩍 들었다. 아이를 데리고 도망치면 될까? 남자는 그녀를 언제 알아차릴까? 그가 따라온다면 달리기로 이길 수 있을까? 주변에 자전거라도 보이면 좋을 텐데, 아니면 시동이 걸릴 만한 자동차나 오토바이라도.

그때 아이와 눈이 마주쳤다. 아이는 그녀를 멍하니 보았다. 그녀는 손가락을 입에 대고 조용히 하라는 손짓을 했다. 그리고 이쪽으로 오라고 손짓했으나 아이는 움직이지 않았다.

가게에서 나오는 남자의 발소리가 들려서, 그녀는 골목 벽에 몸을 바짝 붙였다. 아이의 목소리가 들렸다.

「귀신 나왔어.」

「낮에는 귀신 안 나와.」

남자는 대답했다. 그녀는 천천히 그곳을 피해 움직이다가 열린 문을 통해 건물 안으로 들어갔다. 처음에는 그곳에서 조용히 기회를 기다릴 생각이었다. 하지만 걸음을 멈추자, 그녀를 향해 다가오는 발소리가 들렸다. 얼른 건물을 둘러보다가 가게 뒷문을 통해 안으로 들어가 문을 잠갔다. 그가 차례대로 가게 문을 열고 들여다보는 소리가 들렸다. 사람이 있을 리가 없는데, 중얼거리는 소리도 들렸다. 그녀는 가게 안쪽으로 몸을 피하려다가 선반에 부딪혔고, 쌓여 있던 상자들이 쓰러지면서 요란한 소리를 냈다. 멀어지던 발소리가 다시 돌아왔다. 분명 그녀가 있는 위치를 깨달은 소리였다. 그는 가게 뒷문을 열려다가 열리지 않자 어딘가로 달려갔다. 그녀는 얼른 가게 앞으로 다가가 앞문도 잠갔다.

잠시 후 가게 앞문의 유리 너머로 남자가 나타났다.

「넌 뭐야?」

그는 그녀를 노려보더니 문을 흔들었다. 그녀는 비명

을 질렀다. 그는 쇠 파이프로 문을 내리치려다가, 그녀가 가게에 굴러다니던 의자를 들고 맞서는 자세를 취하자 물러섰다. 그리고 그녀를 노려보기만 했다.

둘은 잠긴 유리문을 가운데 두고 서로를 마주 보았다. 그녀는 말했다.

「아이를 데리고 어딜 가려는 거예요?」

「어떻게 20킬로 안으로 들어왔어?」

그는 물었지만, 그녀가 대답하지 않자 말했다.

「발전소로 가봤자 어차피 붙잡힐 테니까 빨리 돌아가.」

「붙잡히면 웬 남자가 아이를 데리고 들어왔다고 경찰한테 말할 거예요. 그러니까 아이는 두고 당신 혼자 가요. 아이 죽이려고 그러죠? 죽으려면 혼자 곱게 죽지, 아이는 왜 데리고 가요? 내가 데리고 갈 거니까 두고 혼자 가요. 아이를 데리고 오다니 무슨 짓이야. 말도 안 돼, 아이가 무슨 잘못이 있다고. 천벌 받을 거야. 여기까지 데려와서 어쩌려고…….」

두서없이 외쳐서 나중에는 무슨 말을 하는지 그녀

자신도 모를 지경이었다. 조용히 있던 남자는 다가와 말했다.

「내 아이고, 내 마음이야.」

갑자기 으르렁, 개 짖는 소리가 들렸다. 아이가 소리를 지르며 남자에게 달려왔다. 남자도 그녀도 아이를 따라 시선을 돌렸다. 들개 떼가 그들에게 다가오고 있었다. 겁에 질린 아이는 남자의 등 뒤로 숨었다.

남자는 아이에게 말했다.

「멀리 떨어져 있어.」

그리고 개에게 다가가더니 전혀 망설임 없이 쇠 파이프를 휘둘러 개를 때려 죽였다. 그녀가 비명을 지르자 남자는 그녀를 돌아보고 씩 웃었다. 다른 개도 쇠 파이프로 내리쳤다. 두 마리가 죽자 다른 몇 마리는 도망갔고 몇 마리는 한꺼번에 남자에게 덤볐다. 그는 개들을 계속 내리쳤다. 그녀가 손으로 눈을 가리고 가게 한쪽에 몸을 웅크리는 동안에도 개의 비명은 끊이지 않고 들렸다.

멀리 콘크리트 돔이 보였다. 폭발한 발전소를 둘러싼

돔이었다. 그 주변을 둘러싸고 있을 높은 담이나 철망은 건물에 가려 보이지 않았다. 돔 안의 방사선은 피폭 후 두세 시간이면 죽을 정도로 강하다. 돔 밖에 남아 있는 방사능도 치명적이다. 남자는 아이를 데리고 그 안으로 들어가려는 것이다.

하지만 설마 밀고자가 알려 준 지름길을 통해 앞질러 가서 기다리고 있으리라고는 예상 못 할 것이라고, 그녀는 확신했다.

「아이를 두고 가라니까 말을 안 듣고…… 무책임하면 안 되잖아. 안 그래? 내가 분명히 경고했어. 내 잘못이 아니야. 어차피 죽을 사람이고…… 죽어도 싸지. 분명히 경고했어, 아이를 두고 가라고.」

돌덩이를 든 채로 창문을 내다보며 중얼거렸다. 그녀는 4층에서 길을 내려다보고 있었다. 발전소로 가려면 반드시 지나가야 하는 도로였다. 꼭 그녀가 있는 건물 밑으로 걸어가리라는 보장은 없지만, 그렇다면 눈에 띌 물건을 밑에 두는 함정을 파면 된다.

그녀는 반복해서 중얼거렸다.

「내가 분명히 경고했어. 내가 경고했으니까…….」

남자가 죽더라도 무섭지 않았다. 남자도 신경 안 쓰겠지. 그렇다면 그녀도 두려워할 필요 없었다. 잠시 후 그녀의 예상대로 남자가 아이와 함께 나타났다. 아이는 피곤해서 걷기 싫어하는 것 같았고, 남자는 아이의 손을 잡고 거의 질질 끌고 가고 있었다. 다른 손에는 쇠 파이프가 있었다.

남자의 머리가 점점 건물 밑으로 다가왔다. 그녀는 돌덩이를 더 꽉 쥐었다. 돌을 한 번에 맞춰야 한다. 안 맞으면 어쩌지. 화가 난 남자가 그녀를 죽일지도 모른다. 죽는 건 상관없지만, 이번 기회를 날리면 아이는 못 구한다.

「성공하면 돼. 성공할 거야. 반드시.」

그리고 남자가 밑에 놓인 배낭을 발견했다. 안의 물건까지 모두 꺼내 놓았으니 눈에 안 띌 수가 없을 것이다. 남자가 배낭을 살펴보았고, 아이가 다가오자 못 오게 하더니 고개를 숙이고 살펴보았다.

그녀는 남자 머리 위로 돌덩이를 떨어뜨렸다. 픽, 소리와 함께 남자의 머리에 맞았다.

남자는 쓰러지고 돌은 굴러갔다. 아이는 가만히 서 있었다. 그녀는 4층 건물을 정신없이 달려 내려갔다. 밑에 내려왔을 때도 남자는 여전히 쓰러져 있었다. 가까이 다가가 보았지만, 남자는 움직이지 않았다. 죽었을까?

그때 아이가 훌쩍훌쩍 울기 시작했다. 그녀는 가방에서 방사능 측정기를 꺼내 아이에게 대보았다. 수치상으로는 아직 피폭은 되지 않았지만, 그래도 오염 지역에 오래 있었으니 당장 병원에 가야 했다. 그녀는 타고 온 자전거를 건물 뒤에서 끌고 와 아이를 태웠다. 녹이 슬어서 잘 움직이지 않았으나 어쨌든 걷는 것보다는 훨씬 편하고 빨랐다. 한시가 급했다. 남자에게서 빨리 멀어질수록 좋고, 빨리 병원에 갈수록 좋으니까. 북쪽으로 올라가야 한다. 그곳에 가장 가까운 대피소가 있다. 그곳에서 경찰에 연락하면 될 것이다. 그러면 경찰이 아이를 데리러 올 것이다. 자전거 페달을 밟기 전 남자를 돌아보았다. 남자의 몸은 여전히 움직이지 않았다. 내가 사람을 죽였구나, 그런 생각을 하니 그녀의 몸이 덜덜 떨렸다.

그녀가 페달을 밟고 앞으로 나아가자 아이가 말했다.

「아빠는?」

「아빠는 이따가 따라서 올 거야. 너 먼저 병원에 가야
해. 누나가 데려다 줄게. 자전거 불편하니?」

「아니.」

그녀는 한 손으로 핸들을 쥐고 다른 팔로는 아이를 감
싸 안았다. 아이는 정말 작았다.

「몇 살이야?」

그녀가 묻자, 아이는 손가락을 네 개 펴 보이며 말
했다.

「다섯 살.」

아이를 태운 채 자전거를 끌고 천천히 걸었다. 길이
멀었다. 도시를 빠져나가 대피소로 가야 한다. 그것도 최
대한 빨리. 하지만 자전거 페달을 밟을 힘이 없었다. 초조
한 마음에 자꾸 방사능 측정기를 꺼내서 아이의 피폭 치수
를 확인했다. 안장에 앉은 아이가 졸린 표정으로 눈을 비
벼서, 그녀는 말을 걸었다.

「피곤하니? 졸려? 졸리면 잠깐 쉬었다 가도 돼.」

아이는 말이 없었다.

「밤에 계속 걷지 않았어? 다리 안 아파? 목은 안 말라?」

그녀는 배낭에서 물병을 꺼냈다. 아이는 고개를 흔들었는데, 물 역시 방사능에 오염됐을 가능성이 있으니 차라리 마시지 않는 편이 좋을 것 같았다.

아이는 그녀를 올려다보더니 물었다.

「아빠는 언제 와?」

「병원에 가면 있을 거야.」

그녀는 조용히 대답했다. 하지만 사실은 버럭 소리치고 싶었다. 그 남자는 죽어도 싼 인간이야. 그래서 내가 죽였어. 어차피 죽으러 온 놈이잖아. 화가 나서 몸이 부들부들 떨렸다. 하지만 지금은 그런 말을 할 때가 아니었다.

「나 지금 병원 가야 해?」

아이가 걱정됐는지 물었다.

「병원에 가기 싫어서 그래? 주사 안 맞으니까 걱정하지 마. 누나가 데려다줄 테니까 따라오면 돼.」

그때 멀리서 로봇 경찰견이 다가왔다. 다른 멀쩡한 로

봇은 안 보이고 피폭된 녀석만 보이다니 이상한 일이었지만, 아무튼 로봇을 만나서 다행이었다. 그녀는 로봇에게 물었다.

「대피소가 어느 방향이지?」

로봇은 대답하지 않고 그들의 주변만 맴돌았다. 스피커를 떼버린 기억이 나서, 그녀는 로봇에게 다가가 덜렁거리던 전선을 조정해서 다시 붙여 보았다. 그러자 로봇은 반복해서 말했다. 오염 지역 밖으로 지역으로 대피하시기 바랍니다. 오염 지역 밖으로 대피하시기 바랍니다.

로봇이 말하자 아이는 깜짝 놀라 물었다.

「이건 뭐야?」

「로봇 경찰견이야.」

「로봇?」

「그래, 로봇 개야.」

「머리가 없어.」

「로봇이라서 그래.」

그녀는 로봇에게 가까운 대피소로 안내하라고 말했고, 로봇은 움직였다. 그녀는 덜커덕거리며 걷는 로봇을 따라 때로는 앞서다가 때로는 기다리다가 다시 자전거를 끌었다. 도시를 가로지르는 길고 지루한 길이었다. 가끔 거칠게 바람이 부는 아파트와 상가를 지나쳤다. 어느 순간 벌레들이 떼를 지어 날아다니다가 사라졌다. 간혹 바람을 타고 악취가 날아왔다.

대피소에서 경찰에게는 어떻게 알릴지, 경찰에게는 상황을 어떻게 설명할지, 그리고 어떻게 경찰에게는 들키지 않고 아이를 두고 떠날지 고민하고 있을 때였다.

「병아리.」

아이가 말했다. 손가락으로 상가를 가리키고 있었다. 상가에 있는 유치원 간판에 병아리가 그려져 있었다.

「그래, 병아리야.」

「병아리, 병아리.」

그때 도로를 가로막은 돌 더미가 보였다. 벽돌과 돌덩이와 쓰레기가 도로를 완전히 막고 있었다. 로봇은 용케 언덕을 오르기 시작했다. 하지만 아이에게도, 자전거를 끌어야 하는 그녀에게도 험한 난관이었다. 망설이던 그녀는 길을 돌아가는 쪽을 택했다. 길옆의 상가로 들어가서 반대편으로 나오면 돌 더미를 지나지 않아도 될 것 같았다.

아이를 데리고 상가 안으로 들어갔다. 복도에는 물이 고여 있고 벽에는 군데군데 거미줄이 있었는데 다행히 아이가 거미를 무서워하지 않았다. 하지만 복도 반대편 문이 잠겨 있었다. 밀고 당기고 발로 차도 열리지 않았다. 창문의 유리가 깨져 있어서 그곳으로 넘어가면 될 것 같았지만, 아이가 넘어갈 수 있을지 의문이었다.

「창문 넘어서 가자.」

그녀는 아이를 안아 올려서 창 반대편에 놓으려고 했는데 아이가 한 걸음 물러섰다.

「빨리 가야 해.」

하지만 아이는 그녀의 품에 안기려고 하지 않았다. 그녀가 붙잡으려고 해도 팔을 뿌리쳤다.

「왜 그래?」

그녀가 물었지만 아이는 대답이 없었다.

「힘들어? 졸려서 그래? 배고파서 그러니? 조금만 가면 쉴 수 있어. 빨리 가자.」

　　　　　　　　　　　　　　　　아무도 없는 숲

「무서워.」

창문 넘어가기 무섭다는 뜻인 줄 알고 그녀는 대답
했다.

「하나도 안 어려워. 누나 손만 잘 잡으면 돼.」

「피.」

「뭐?」

아이는 그녀의 얼굴을 가리켰다. 피라니? 얼굴에는
아무것도 없었다. 손으로 문질러 보고 깨진 유리창에도 비
쳤으나 땀방울만 흐르고 있었다.

「피가 어디 있다고 그래? 다 땀이야. 빨리 넘어가자.」

하지만 아이는 뒷걸음질했다. 그녀는 마음이 조급했
다. 로봇은 이미 돌 더미를 넘어갔을 것이다. 뒤처지기 전
에 따라가야 한다.

「빨리 가자. 로봇 따라서 가야 해. 길이 멀어.」

「아빠는 죽었어?」

아이의 말에 그녀는 머릿속이 하얘지면서 아무 생각
도 나지 않았다. 간신히 정신을 차리고 그녀는 대답했다.

「아니. 먼저 가서 기다리고 있어. 누나랑 같이 가자.」

아이는 말이 없었다. 겁을 먹은 표정이었다. 아이가 어떤 생각을 하는지 뭘 느끼는지 몰랐다.

「내 얼굴에 아직도 피 묻었니?」

아이는 고개를 끄덕였다.

「무슨 피가 묻었다는 거야? 왜 그래? 하고 싶은 말이라도 있어? 누나가 들어줄 테니까 해봐.」

「엄마는 죽었어?」

「엄마? 네 어머니? 그건 모르겠는데.」

이게 무슨 말이지? 곰곰이 생각했다. 엄마가 죽었냐고 묻다니? 도대체 뭘 묻는 걸까? 피가 왜 난다는 걸까? 그걸 왜 지금 묻는 걸까?

「엄마 얼굴에서 피가 나고 있었니?」

아이는 여전히 대답이 없었다. 그녀를 향해 몸을 기울이고 눈을 맞추며 말했다.

「엄마도 병원에 있어. 아빠도 병원에 있고. 누나랑 같이 가면 모두 있을 거야. 빨리 경찰서로 가야 해. 거기 가면 어른들이 병원에 데려다줄 거야.」

그제야 아이는 그녀의 품에 안겼다. 아이를 창문 너머

로 보내고 그다음 자전거를 넘겼다. 그녀도 힘들게 창문을 넘었다. 조금 떨어진 곳에서 로봇 경찰견이 걷고 있었다. 그녀는 아이를 데리고 그 뒤를 따랐다.

발전소 기념관에 도착했다. 그곳이 로봇이 안내한 가까운 대피소였다. 기념관에 도착하자 로봇 개는 어디론가 가버렸다. 그녀는 자전거를 던지듯 놓았고, 바닥에 털썩 주저앉았다. 기념관 앞에는 방사능 보호복과 방독면, 구급약 등이 든 캐비닛이 있었다. 노란색의 보호복을 꺼내 아이에게 입혔더니 크기가 전혀 맞지 않아서 아이가 옷 안에서 허우적거리기만 했다. 결국 외투를 감듯이 몸에 감았다. 그 옆에는 임시로 설치한 응급 전화기가 있었는데, 수화기를 들고 빨간색 버튼을 누르면 바로 가까운 경찰서에 연결되는 간단한 기능의 전화기였다. 그녀는 수화기를 들어 보았고, 먼지가 쌓여서 망가졌을 것 같은 전화기가 여전히 작동해서 놀랐다.

버튼을 누르자 경찰서에 연락이 가기 시작했다. 경찰에게 상황을 어떻게 설명할까 그녀는 고민했다. 쪽지를 봤을까. 대충 말해도 알아듣고 경찰을 보내 줬으면 좋겠는데. 긴장해서 기다리는데도 아무도 전화를 받지 않았다. 10분이 넘게 기다렸지만, 아무도 전화를 받지 않았다. 그냥 끊어 버릴까 싶었을 때야 누군가 전화를 받았다.

남자의 목소리가 들렸다.

「안녕하세요, 국민을 위해 봉사하는 ○○경찰서입니다.」

「발전소 근처 기념관이에요. 아이와 함께 있어요. 데리러 와주세요.」

그녀는 말했다. 경찰은 되물었다.

「지금 어디에 계십니까?」

「원자력 발전소 기념관이요.」

「어디요? 기념관?」

「네, 거기 있는 응급 전화기로 전화를 걸고 있어요.」

경찰은 잠시 말이 없었다. 뭐라고 해야 좋을지 몰라 허둥대는 것 같았다. 왜 말을 못 알아듣지? 오염 지역 안에서 걸려오는 긴급 전화를 받은 게 오랜만이긴 하겠지, 그녀는 생각했다. 그녀는 말했다.

「혹시 쪽지 보셨나요?」

「무슨 쪽지 말씀이신가요?」

역시 쪽지도 못 봤구나. 그녀는 말했다.

「지금 아이와 함께 있어요. 피폭됐을지도 몰라요.」

「아이요?」

「아이가 있다니까요. 빨리 발전소 기념관으로 와서 아이를 데리고 가주세요. 바로 병원에 가야 할 거예요.」

수화기로 달그락달그락 소리가 들리더니, 수화기가 다른 경찰에게 넘어갔는지 다른 남자의 목소리가 들렸다.

「박서윤 씨, 맞습니까?」

너무나 놀라서, 그녀는 잠시 아무 말 못 하다가 허둥대며 말했다.

「아니, 아니에요.」

「아니라고요?」

사실 그녀의 이름이 맞았지만, 본능적으로 거짓말이 나온 것이다. 그러나 지금 상황에서는 거짓말을 할 수 없었다.

「박서윤…….. 맞아요. 지금 아이와 함께 있어요. 발전소 기념관으로 빨리 오세요. 아이를 데리고 병원으로 가주세요.」

「박서윤 씨, 같이 오염 지역으로 들어간 다른 분들은 모두 경찰서로 돌아왔습니다. 그리고 다들 훈방됐고요, 심하게 피폭되지 않아서 지금쯤 모두 댁으로 돌아가셨을 겁니다. 박서윤 씨도 어서 오세요. 피폭됐을지 모르니 빨리 치료를 받으셔야 합니다.」

「내가 중요한 게 아니라 아이가 있어요. 지금 아이와 함께 있으니까 데리러 오세요. 시간이 없어요. 빨리 오세요.」

「박서윤 씨와 같이 오염 지역에 들어간 아이인가요?」

「그게 아니라…… 쪽지 못 보셨나요?」

「무슨 쪽지 말씀입니까?」

어떻게 설명하면 좋지. 남자를 죽였다는 말을 하면 어차피 죽을 거지만, 고민하다가 말했다.

「어떤 남자가 아이를 데리고 있었어요. 발전소로 가는 것 같았어요. 그래서 아이를 빼앗아서 데리고 왔어요.」

「그러면 아이 보호자는 발전소에…….」

「보호자가 아니에요. 아이를 죽이고 자기는 자살하려고 아이를 데리고 온 거잖아요. 그런데 왜 보호자라고 불러요?」

「네……. 그럼…… 그 남자는 어디 있습니까?」

「내가 죽였어요.」

경찰도 그녀도 한동안 아무 말 않다가, 그녀가 먼저 말했다.

「아이를 두고 가라고 했는데 말을 듣지 않아서 죽이고 아이만 데리고 왔어요.」

「오염 지역 어디까지 들어갔다가 돌아왔습니까?」

「10킬로 근방이요.」

「지금 당장 병원에 가야 합니다. 아이를 데리고 오세요. 시간이 없습니다. 당장 오세요.」

「너무 힘들어서 못 데리고 가요. 아이도 지쳤고요. 차를 가지고 오세요.」

「아이 상태는 어떻습니까?」

「아직은 괜찮은 것 같아요. 남자아이인데 네 살인가 다섯 살인가 그래요. 아직 배가 고프다거나 힘들다는 말은

안 했어요. 몸이 아프다는 말도 안 했고요. 하지만 빨리 와
주세요.」

「인도하러 가겠습니다. 연락을 위해서 전화 끊지 말
고 기다리세요. 박서윤 씨, 생명은 소중합니다. 가족에게
도 연락해 드리겠습니다. 그러니 전화를 끊지 말고…….」

그녀는 전화를 끊어 버렸다.

곧 올 줄 알았는데 경찰차가 바로 나타나지 않았다.
구급차를 준비하고 오는데 시간이 걸리는 걸까. 도로도 차
가 빨리 오기에 적합하지 않고 경찰이나 군인도 오염 지역
으로는 별로 들어오고 싶지 않겠지. 누구나 그럴 것이다.
그녀는 기념관 앞 계단에 앉아 경찰을 기다리다가 앉은 채
로 깜박 잠이 들었다.

잠에서 깨 고개를 들었더니 아이가 보이질 않았다. 멀
리 가진 않았을 것 같아 기념관으로 다가가니 안에서 아이
가 뛰어다니는 소리가 들렸다. 그녀도 안으로 들어갔다.
기념관에는 인간이 그동안 사용해 온 다양한 발전 방식이,
풍차와 댐과 화력 발전소의 모형이 전시되어 있었다. 아

이는 어른 키만큼이나 큰 풍차 모형을 올려다보고 있었다. 이제는 먼지가 잔뜩 묻고 페인트는 빛이 바래서 멋있다기보다는 오히려 을씨년스러웠는데도 아이는 신기해했다.

「만져 봐도 돼.」

그녀는 아이에게 말했다. 올라가지 마시오라는 경고 표지판이 있었지만, 이제는 그녀와 아이에게 뭐라고 할 사람은 아무도 없었다. 아이는 날개를 밀었다 당겼다 해봤으나 풍차는 움직이지 않았다. 아이는 박물관 안의 깨진 유리와 돌을 밟고 뛰어다니며 다른 전시물을, 기차와 자동차와 인공위성 모형을 하나하나 구경했다. 피곤하지도 않나, 넘어져서 다치면 안 되는데. 그녀는 생각했다. 아이가 인공위성 주변을 빙글빙글 돌며 뛰어다니는 동안 그녀도 인공위성을 구경했다. 태양열과 원자력으로 작동한다는 설명이 있었다. 특히 원자력 때문에 인공위성은 반영구적으로 작동한다는 설명도 붙어 있었다. 하지만 영원한 것은 아니다. 인공위성도 언젠가는 부서질 것이다. 차가운 고철 덩어리가 되어 우주 공간을 날아가는 인공위성을 상상했다. 나도 그렇게 끝나겠지. 컴컴한 기념관, 돔 안의 발전소, 우주 그리고 눈을 감은 후의 어둠을 차례대로 떠올렸다.

어느 순간 아이가 뛰어다니는 소리가 들리지 않았다. 기념관을 둘러보니 또 아이가 없었다. 어디로 갔을까? 그녀는 다른 전시실로 이어지는 어두운 복도를 보았다. 이쪽으로 갔나? 위층으로 가거나 밖으로 나가지는 않은 것 같았다. 하지만 어린아이가 저 어두운 복도로 들어갔을까. 그녀도 들어가기 무서울 정도로 캄캄했다.

「어디 있니?」

「여기 있어.」

멀리서 대답이 들렸다. 기념관 뒤쪽이었다. 반대쪽 출구를 통해 밖으로 나간 것이었다. 목소리가 들리는 곳으로 갔더니 아이가 자판기 앞에서 있었다. 탄산음료, 커피, 홍차, 아이들이 좋아하는 주스가 있는 자판기였다. 아이는 주스를 올려다보고 있었다. 자판기가 꺼져서 음료를 꺼낼 수 없는 데다 꺼낸다고 해도 분명 피폭됐을 것이다.

「이거는 못 마셔.」

말하면서도 혹시나 측정기를 대보았다. 생각보다 수

치가 높지 않았다. 한 번 꺼내는 볼까. 자판기를 여기저기 두들기는데 차가 오는 소리가 들렸다. 경찰이 왔나? 그녀는 아이를 데리고 기념관 앞으로 나왔다.

승용차가 빠르게 다가오고 있었다. 경찰차가 아니었다. 차는 기념관 앞 주차장을 지나 계단을 들이받을 듯이 다가온 다음에 멈췄고, 조수석에서 처음 보는 낯선 남자가 내렸다. 그리고 운전석의 남자가 내렸을 때 그녀는 알아차렸다.

「아빠!」

아이가 외쳤다. 그녀는 남자에게 가려는 아이를 안고 달렸다. 그들은 쫓아오지 않고 그녀를 지켜보기만 했다. 그녀는 서둘러 아이를 자전거에 태운 다음 달렸다. 페달을 힘줘서 밟았지만, 체인에 녹이 많이 슨 탓에 자전거가 잘 움직이지 않았다. 잠시 후 뒤에서 자동차 달려오는 소리가 들렸다. 뒤를 돌아봤을 때, 차가 그대로 자전거를 들이받았다. 아이도 그녀도 비명을 지르며 바닥에 뒹굴었다.

충격에 눈앞이 깜깜하고 몸을 가눌 수도 없었는데도 온 힘을 다해 일어나 아이를 찾았다. 하지만 낯선 두 번째 남자가 그녀를 다시 넘어뜨렸다.

「어딜 도망가려고.」

그리고 팔을 꽉 밟았다. 그녀는 소리를 질렀지만, 팔이 아파 움직일 수가 없었다. 두 번째 남자는 팔을 완전히 부러뜨리겠다고 으름장을 놓았다. 그녀가 다리로 걷어차자 그는 뒤로 넘어졌다. 그녀는 도망치려 했지만, 그가 그녀의 다리를 잡았고, 그녀도 다시 바닥에 넘어졌다. 그는 그녀를 위에서 덮치듯이 팔다리를 붙잡아 눌렀다. 그제야 두 번째 남자와 얼굴을 마주 보았다. 아이 아버지의 동년배쯤으로 보이는데, 등산복 차림에 흙먼지로 엉망인 아이 아버지와 달리 그는 말쑥했다. 오염 지역으로 들어온 지 얼마 안 된 것 같았다. 설마 차를 몰고 들어왔을까. 그때 남자가 다가와서 그녀를 내려보다가, 기절한 아이를 데리고 갔다. 차에 아이를 태운 다음 남자는 다시 돌아왔다.

「아이……. 아이는 안 돼…….」

남자는 비닐 끈도 들고 있었다. 두 번째 남자가 그녀를 붙잡고 있는 동안 남자는 그녀의 손목과 발목을 묶었다. 아무리 소리를 질러도 소용없었다.

「너를 도와줄 사람 없어.」

남자는 말했다. 아니다, 경찰이 오고 있다. 가까운 곳에 있다면, 그래서 그녀의 비명을 듣는다면 좋을 텐데. 제발 그래 주기를. 그가 그녀를 모두 묶자 두 번째 남자는 멀찍이 서서 옷매무새를 다듬었다.

남자가 물었다.

「어떻게 들어왔지?」

그녀가 대답하지 않자 그는 손목을 묶은 끈을 더 세게 당겨 묶었다. 너무 아파 소리를 지르면서 그녀는 대답했다.

「다른 사람들과 함께 밀고자가 말한 통로로 몰래 들어왔어요.」

그는 이상하게도 〈밀고자〉가 누구인지를 묻지 않았다.

「20킬로 안쪽으로는 어떻게 들어왔어?」

「수로로…….」

「개 조심했어?」

멀리서 두 번째 남자가 외쳤다. 놀란 그녀는 고통마저

도 잊고 물었다.

「당신 누구예요? 당신도 밀고자를 알아요?」

「같은 목적으로 온 거니까 서로 방해하지 맙시다.」

두 번째 남자는 말하더니 자동차로 돌아갔다. 그리고 남자가 주머니에서 칼을 꺼내 그녀에게 들이밀었다. 그녀가 비명을 지르자 그는 비웃었다.

「칼에 찔려 죽을까 무서워? 죽으러 들어왔다가 칼을 보니까 다시 살고 싶어졌어? 아니면 칼에 찔리는 건 싫어? 자살은 하고 싶어도 살해당하고 싶진 않아? 것 참, 까다롭구먼. 남의 애가 죽어도 안 되고, 칼에 찔려 죽는 것도 안 되고.」

「아이는 두고 가요.」

그녀가 말했지만 남자는 딱 잘라 대답했다.

「웃기고 있네. 죽이지 않는 것도 다행인 줄 알아. 좋은 말 할 때 조용히 네가 갈 길 가라니까 왜 말을 안 듣고 일을 크게 만들어? 남의 일에 참견 말고 너 할 일 해. 우리는 우리 할 일 할 테니까.」

「아이는 두고 가! 미친놈! 아이 두고 가지 않으면 정말 가만 안 둘 거야.」

남자는 웃었다.

「가만 안 두면 어쩌게? 날 죽이기라도 하게? 내가 죽는 걸 무서워할 줄 알아?」

「나도 안 무서워.」

「그럼 잘됐네. 이따가 저승에서 만나자고.」

그는 그녀를 그대로 질질 끌고 간 다음 자동차 트렁크에 넣고는 문을 닫았다. 그리고 잠시 후 두 번째 남자 목소리가 들렸다.

「옛날에 지하철을 탔는데 이런 일이 있었어.」

그가 라이터를 켜서 담배에 불을 붙이고, 연기를 내뱉는 소리가 들렸다. 두 번째 남자는 말했다.

「지하철에 앉아 있는데 앵벌이가 쪽지를 나눠 주더라고. 젊은 남자였는데 몸도 정신도 성하지 않았어. 쪽지에는 뭐 뻔한 말이 있었지. 가족은 피폭을 당해서 다 죽었고 자기는 장애가 생겼고 당장 먹을 것도 없으니 도와달라고. 사람들은 앵벌이를 피했지. 이유는 잘 알지? 사람들은 피폭자를 바퀴벌레보다도 싫어하잖아. 불쌍해서 앵벌이가 쪽지를 걸어 갈 때 1천 원 지폐를 같이 줬어. 앵벌이는 종이하고 돈을 주섬주섬 가방에 넣더니 지하철 한쪽 구석 벽에 머리를 대고 숨듯이 서더군. 그리고는 갑자기 엉엉 울더라고. 한참을 울더니 다시 멀쩡해져서 눈물을 닦고는 지하철에서 내렸어. 아가씨, 내 말 무슨 말인지 알겠어?」

그가 담배꽁초를 끄고 바닥에 버리는 소리가 들리더니, 말했다.

「아마 모르겠지. 네가 뭘 알아?」

그리고 그의 발소리가 멀어졌다. 그가 차에 타는 소리, 차 문이 닫히는 소리, 시동 거는 소리, 남자들의 웃음소리, 아이의 목소리와 함께 자동차가 움직였다.

그녀가 눈을 떴을 때, 아무것도 보이지 않아서 처음에는 눈이 가려진 줄만 알았다. 잠시 후 구름이 걷히면서 달빛이 드러났고, 주변을 둘러보고야 그녀는 어두운 숲에 있음을 깨달았다.

「사람 살려.」

그녀는 나직이 말했다. 눈앞에 허공에 떠 있는 신발이

보였다. 고개를 들자 뻣뻣하게 굳은 다리와 팔 그리고 줄에 묶여 힘없이 늘어진 목이 달빛에 드러났다. 바람이 불자 어둠 속에서 몸이 천천히 흔들렸다. 두 번째 남자였다.

「사람 살려…… . 사람…… .」

목소리가 잘 나오지 않았다. 그곳은 그녀가 잘 아는 숲이었다. 오염 지역에서 가장 잘 알고 있는 장소였다. 발전소와 가깝고 피폭이 심한 숲이었다. 방사능 때문에 나무도 풀도 모두 검게 변하거나 붉게 말라 죽은 곳이었다. 달빛 아래에서 바람이 불자 나뭇가지가 춤추듯 움직였다. 그리고 두 번째 남자의 시신도 움직였다. 자살하러 들어오는 사람이 가장 많이 찾는 곳이었다. 그녀도 이곳으로 오려고 했다. 아이를 만나지 않았으면 그랬을 것이다. 수면제를 먹고 숲에서 잠들고 영원히 일어나지 않았을 것이다. 그리고 두 번째 남자는 나무에 목을 매단 것이다. 나무 밑동에는 그녀를 묶어 놓은 채로.

네가 뭘 알아? 그는 말했다. 네까짓 게. 그 마음으로 목을 맸을까. 자기 시신을 보란 뜻으로 나를 이렇게 둔 건가? 겁에 질린 나를 죽어서까지도 비웃으려고. 단지 그 때문에 그랬을까.

벌써 몇 시간을 묶여 있었는지 몰랐다. 팔은 저리다 못해 감각이 없었고 어깨와 등까지 찌르듯이 아팠다. 살려달라고 외치려다가 그만두었다. 듣는 사람도 없을 것이다. 드론이 사람 목소리도 들을까. 그렇다면 좋을 텐데. 당직을 서는 경찰이 내 비명을 들을 수 있다면. 하지만 그런 일은 일어나지 않을 것이다.

어둠 속에서 바스락 소리가 들리더니 무언가 다가왔다. 달빛 속에 커다란 사슴이 움직였다. 사슴의 눈은 달빛에 반사되어 반짝 빛나다가, 사슴이 나무 그림자 속으로 들어가자 눈빛은 사라지고 사슴의 어두운 형체만 보였다. 사슴은 이리저리 몇 걸음 움직이며 그녀를 살펴보다가 멀리 가버렸다. 사슴이 있다면 다른 동물도 있을 것이다. 들개 떼가 나타날지도 모른다. 줄에 계속 묶여 있으면 개에물려 죽을까. 아니면 목이 말라 죽거나, 굶어 죽거나, 죽어서 시신이 된 다음 죽은 고양이처럼 개들에게 물어뜯기게될까. 나는 죽는다고 해도 아이는 어쩌지. 지금쯤 남자는 발전소 안으로 들어갔을까. 그리고 죽었을까.

「결국, 이렇게 되고 말았구나.」

그녀는 중얼거렸다. 어쩌다 이렇게 됐지. 어차피 죽으려고 했다. 그리고 결국 죽을 것이다. 하지만 이게 내가 바라던 것이었나. 그 남자도 죽었겠지. 아니면 아이만 죽이고 겁이 나서 돌아갔을지도 모른다. 그러면 안 된다. 절대 안 돼. 갑자기 화가 치밀었다. 네가 뭘 알아? 낯선 남자의 목소리가 다시 들리는 듯했다. 바람이 다시 불고 시신이 흔들렸다. 내가 뭘 아느냐고? 그녀는 생각했다. 그러는 너는 뭘 아는데? 고통과 슬픔과 좌절이 분노로 돌변했다. 너희들은 뭔데 아무 죄 없는 아이를 데리고 오염 지역에 왔는데? 그건 뭘 잘 알아서 한 행동이야? 너야말로 뭘 아는데?

달빛이 잠시 시신의 손을 비췄다. 손에서 뭔가 반짝였다. 어둠에 눈이 익으면서 더 자세히 보였다. 작은 칼이었다. 시신은 칼을 손에 쥔 채로 바람에 흔들리고 있었다. 달빛이 닿을 때마다 칼날이 반짝이다가 다시 빛이 사라졌다가 다시 빛났다. 그녀는 다리를 뻗어 발로 시신을 건드렸다. 간신히 구두를 걸어찰 수 있을 뿐이었다. 시신을 걸어

차고 다시 찼다. 갑자기 무언가 부서지는 소리와 함께 시신이 밑으로 축 늘어졌다. 목이 부러진 건지, 나뭇가지가 부러진 건지 어두워서 보이지 않았다. 이제는 더 걷어차기 쉬웠다. 그녀는 시신을 더 세게 걷어찼고, 그때마다 시신은 더 크게 흔들렸다. 몇 번은 시신의 신발에 얼굴을 맞았다. 상체가 줄에 묶여 있어서 시신을 피할 수가 없었다.

투두둑, 나뭇가지가 부러지는 소리와 함께 시신이 바닥에 떨어졌다. 천만다행으로 그녀의 발이 닿는 곳에 시신의 손이 있었다. 그녀는 손을 발로 밟았다. 칼을 손에서 끄집어낸다면, 그래서 발로 칼을 그녀에게 끌어올 수 있다면, 줄에 묶인 손으로 칼을 보낼 수 있다면, 그리고 칼로 줄을 끊는다면……. 그녀는 발로 그의 손을 밟고 또 밟아 뭉갰다.

자동차를 바닷가에 세웠다. 아직 새벽은 오지 않았다. 발전소 주변에는 높은 담장이 있고 그 위에는 철망도 있었지만, 들어가는 길을 밀고자에게 들어 알고 있었다. 바닷가를 가로질러 발전소 뒤로 들어가는 길이었다. 발전소의 육지 쪽은 담장이 높았지만, 바닷가 쪽 담장은 방파제만 잘 통과하면 쉽게 넘어갈 수 있을 만큼 낮았다. 옷은 바닷물에 젖고, 신발은 갯벌에 파묻히고, 날카로운 바위를 짚다가 손바닥을 베었다. 하지만 그녀는 아직 아이가 살아 있을 가능성을 생각하며 달리고 또 달렸다. 발전소 안으로 들어가 돔을 향해 가고 있을 때였다. 바닥에 떨어져 있는 그녀의 가방이 시선에 들어왔다.

안의 물건이 나와 있는 채로 내팽개쳐져 있었다. 마치 그녀가 남자를 붙잡으려 함정을 팠을 때와 똑같았다. 그녀는 위를 올려다보았다. 발전소의 거대한 냉각탑이 그곳에 있었다. 그녀는 가방을 살펴보았고, 물건이 다 그대로 있었다. 약병도 있었다. 뚜껑을 제대로 닫지 않은 걸 보면 분명 몇 알을 꺼낸 것이었다. 남자가 약을 먹었을까? 아니, 아마 아이에게 먹여서 잠을 재웠겠지. 그녀는 냉각탑을 올려다보며 생각했다. 분명 꼭대기에서 떨어뜨린 것이다. 하지만 왜? 함정을 판 것은 아니었다. 그녀를 향해 돌덩이가 떨어지진 않았으니까. 아무튼, 중요한 건 남자도 아이도 저 위에 올라갔다는 사실이었다.

「이미 늦었을까.」

정말 높은 냉각탑이었다. 아파트 24층, 아니, 30층보다 높아 보였다. 그곳을 올라가는 외벽에 있는 폭이 좁은 사다리뿐이었다. 사다리를 흔들어 보았는데, 오랫동안 보수하지 않아 녹이 슨 사다리는 잘못했다간 그대로 부서져 내릴 것 같았다.

「뭐, 그러면 떨어져서 죽는다고 생각하지.」

사다리를 하나하나 밟으며 올라갔다. 등 뒤로 파도치는 소리가 들렸다. 높이 올라갈수록 파도치는 소리가 멀어지고 바람 소리가 거세어졌다. 사다리는 점점 더 거칠게 흔들렸다. 높이를 의식하지 않으려고 애썼지만 눈 옆으로 자꾸 멀어지는 콘크리트 바닥이 보였다. 팔과 다리가 떨렸고, 손에 나는 땀을 옷에 문질러 닦으려다가 놓칠 뻔도 했다. 간혹 현기증이 나기도 했다. 하지만 그녀는 정신을 똑바로 차리고 계속 위로 올라갔다.

냉각탑은 거대하고 두꺼운 호리병 모양이었다. 건물 안도 병처럼 비어 있었다. 밑은 어둠에 잠겨 보이지 않아 그저 거대한 구멍으로 보였다. 병 입구에 해당하는 꼭대기에는, 폭이 좁은 길이 둥그렇게 원을 만들고 있었다. 그곳에 남자가 서서 아래를 내려다보고 있었다. 냉각탑 양옆으로는 어둠에 잠긴 콘크리트 돔과 발전소의 다른 시설 그리고 검은 바다가 있었다. 거친 바닷바람에 그녀와 남자의 머리카락이 휘날렸다.

아이는 방사능 보호복을 이불처럼 덮은 채 남자 옆에 누워 잠들어 있었다. 그녀는 길 양쪽에 있는 허리 높이의 난간을 붙잡고 천천히 걸어 그에게 다가갔다.

「올 줄 알았어.」

남자는 말했다. 신발을 벗어 던졌는지 맨발이었다. 아이도 신발은 신고 있지 않았다. 그녀가 아이를 품에 안고 흔들었지만 잠에서 깨지 않았다.

「약을 먹였어?」

「너도 먹였는데 기억 안 나?」

그는 대답했다.

「아이한테 먹이고 너도 먹였는데 기억 안 나? 약 부작용인가? 그러면 그다음도 기억 안 나겠군. 나무에 묶을 때까지만 해도 너는 정신이 있었는데, 친구가 목을 매달기 전에 잠이 들었어. 너를 나무에 묶고, 친구가 나무에 목을 매다는 걸 도와준 다음 나는 아이를 데리고 발전소로 오기로 했었지. 하지만 친구를 믿지 않았어. 그래서 멀리서 지켜봤거든. 친구가 목을 매단 처음에는 가만히 있다가 숨이 막히기 시작하니까 몸부림치더군. 주머니에서 칼을 꺼내서 줄을 자르려고 하더라고. 그래서 얼른 뛰어가서 손을 잡아 막았지. 자살하겠다고 할 때는 언제고 미리 칼까지 숨겨 놨다니 실망이었어. 내가 줄을 못 자르게 해서 친구는 결국 칼을 쥔 채로 죽었지.」

남자는 그녀를 돌아보았다.

「친구가 너를 죽이자고 했어. 죽이지 않으면 반드시 나를 찾아와서 방해할 거라고. 하지만 나는 그럴 필요 없다고 했지. 자살하러 온 사람을 왜 굳이 죽여? 무슨 농담도 아니고 말이야.」

「아이는 내가 데리고 가겠어.」

그녀의 말에 남자는 고개를 돌리고 냉각탑 밑을 보더니, 대답 대신 다른 말을 했다.

「강한 방사능에 피폭되면 어떻게 되는지 알아?」

「시커멓게 말라 버리거나 거대하게 부풀어서 죽지. 내가 그 정도도 모르고 온 줄 알아?」

「그래. 그게 무서워서 돔으로 들어가지 않고 여기로 올라왔어. 더 쉬울 것 같아서. 그런데 못 뛰어내리겠어. 아이를 던지고 내가 뛰면 되는데……. 둘 다 못 하겠어.」

그녀가 오기 전에 아이를 던지지 않아서 정말 천만다행이었다. 그녀는 말했다.

「못 뛰겠으면 내가 밀어 줄까?」

남자는 말했다.

「내가 죽으면 되잖아. 그렇지? 내가 죽으면……. 잘못은 해결되는 거니까…….」

「무슨 잘못을 저질렀는데?」

남자는 그녀를 돌아보더니 되물었다.

「젊은 아가씨가 무슨 잘못을 저질렀기에 자살하려고 해?」

「잘못 없어.」

「그런데 왜?」

왜 자살하려 하냐고. 그런 걸 설명하고 싶지 않았다.

설명하고 싶던 때도 있었다. 아주 오래전이었다. 하지만 결심을 굳히고, 다시 오랜 시간이 지났고, 실행에 옮긴 지금 그런 마음은 사라진 지 오래였다. 그녀는 짧게 대답했다.

「조용히 사라지고 싶어서.」

그리고 그녀는 남자에게 다가가 엉덩이를 걷어찼다. 남자의 상체가 난간 밖으로 넘어갔고, 그는 허둥대다가 한 손으로 난간을 붙잡았다. 남자는 난간에 매달린 채로 그녀를 올려다보았다. 도와달라는 눈빛은 아니었다. 그녀가 돕지 않아도 혼자 힘으로 올라올 수 있었다. 하지만 그건 남자가 바라는 것이 아니었다. 그렇다고 손을 놓고 떨어지는 것도 그는 바라지 않았다. 뭘 원하는지 모르겠다는 눈빛으로 그녀를 보았지만, 남자가 뭘 원해야 하는지는 그녀도 몰랐다. 설령 답을 알더라도 가르쳐 주고 싶지 않았다. 단지 그녀는 아이를 안고 사다리로 다가갔다. 보호복을 포대기 삼아 아이를 업었다. 떨어지지 않도록, 아이가 잠에서 깨서 몸을 흔들어도 떨어지지 않도록 단단히 묶었다. 조심조심 아이를 업은 채로 사다리를 내려갔다.

사다리를 내려가는 동안 바람이 거칠게 불며 윙윙 소리를 냈기 때문에, 남자가 난간 위로 올라가는 소리나 손을 놓고 바닥에 떨어지는 소리 둘 중 어느 쪽도 그녀는 듣지 못했다.

아이를 자동차에 태우고 기념관에 도착해 보니 전화기가 망가져 있었다. 남자와 그의 친구가 망가뜨린 모양이었다. 그녀가 경찰에 신고한 건 어떻게 알았을까? 그런데 그곳에 경찰의 메모도 붙어 있었다. 가까운 다른 전화기의 위치와 그녀가 드론에 던진 쪽지를 확인했다는 내용의 메모였다. 그녀는 차를 몰고 경찰이 알려 준 전화기로 가서, 도착하자마자 바로 전화를 걸었다. 이번에도 같은 경찰이 전화를 받았다. 그는 그녀에게 전화를 끊지 말아 달라고 부탁했으나, 그녀는 다시 끊었다. 그때쯤 아이도 잠에서 깼다.

그녀는 아이에게 곧 경찰이 와서 아이를 병원에 데려가 맛있는 걸 줄 테니까 경찰의 말을 잘 들으라고 했다. 아이는 물었다.

「아빠는?」

「먼저 병원에 갔어.」

아이는 안심이 됐는지 고개를 끄덕였다. 둘은 차에서
내려 경찰을 기다렸다. 새벽이 환하게 밝아 오고 있었다.
방사능 측정기를 아이에게 대보았다. 당장 병원에 가야 하
는 수치였다. 병원에 가서 치료를 받는다고 해도 피폭 후
유증에 시달릴 것이다. 평생 병원에 다니며 살아야 할 것
이다. 병원 밖으로 나오지 못할 수도 있었다. 하지만 그 편
이 낫겠지. 아이 아버지가 내릴 어떤 결정보다도, 내 결정
이 낫겠지. 그녀는 생각했다.

아이가 말했다.

「누나도 병원에 가?」

「나는 조금 있다가 갈게. 들릴 곳이 있거든. 하지만 금
방 갈 거야. 거기서 만나자. 경찰 형하고 누나 말 잘 들어야
한다.」

「응.」

멀리서 차가 오는 소리가 들렸다. 그녀는 얼른 가방을
챙겨서 그곳을 벗어났다. 이제 그녀의 일을 할 차례였다.

「빠이빠이.」

등 뒤에서 아이의 목소리가 들렸다. 돌아보니 아이가 손을 흔들고 있어서, 그녀도 손을 흔들었다. 숲으로 들어가 나무 사이로 몸을 숨겼다. 경찰이 아이와 만나는 것까지 확인한 다음 그곳에서 도망쳤다.

개울에 손을 넣어 물을 마셨다. 개울물은 차가웠고 주변에는 여전히 시간이 멈춘 것처럼 신문지가 쌓여 있었다. 그녀는 얼굴과 손을 씻은 다음, 그곳에 쌓인 신문을 다시 들춰 보았다. 이번에도 사고 이후의 신문은 찾을 수 없었다. 밤이었고, 벌레와 새가 울었다. 집 근처에서 뭔가가 반짝거리며 날아다녔는데, 난생처음 반딧불을 보고 있다는 걸 깨달았다. 무척 예쁜 불빛이었다. 한동안 서서 구경하다가 정원을 가로질러 집으로 들어갔다. 가족사진도, 2층 방의 침대도 그대로 있었다. 종이컵도 그대로 있었다. 그녀는 가방에서 약병을 꺼냈다. 약을 하나둘, 삼키다가 나중에는 한 움큼을 삼킨 다음 침대에 누웠다. 너무나 피곤했다. 영원히 잠들어서 일어나고 싶지 않았다. 바람이 불었다가 조용해졌다. 벌레가 울었다. 새가 우는 소리도 들렸다. 들개가 짖는 소리도 들렸다. 잠들기 직전 그녀는 중얼거렸다. 내가 바보 같은 짓을 했는지도 몰라. 다시 바람이 불었다가 조용해졌다. 아무도 없는 숲에서 그녀는 잠이 들었다.

" 아무리 원했던 죽음,
막상 대면한다면 "

김이환

「아무도 없는 숲」은 어디서, 어떻게 시작되었나?

후쿠시마 발전소 방사능 유출 사건 이후 그곳으로 들어가려는 사람들이 있다고 들었다. 그들의 사연이 궁금했다. 그중에 주인공 같은 사람이 있을까를 상상하면서 「아무도 없는 숲」이 되었다.

작가 본인이 생각하는 이 이야기의 중심은 어디인가?

주인공이 나무에 묶여 있는 장면이다. 이미지 자체는 단테Dante Alighieri의 「신곡La Divina Commedia」에서 모티브를 얻었다. 주인공이 아무리 원해 왔다고 해도 막상 죽음을 대면하면 마음이 혼란스러워질 것 같았다. 그 복잡함을 담고 싶었다.

어떤 장면이 가장 마음에 남는가?

도입부가 가장 남는다. 쓰다가 버리고 다시 쓰기를 반복했다. 글이 도입부에서 잘 풀려야 쓸 수 있는데 도입부가 풀리지 않았다. 정확히 쓰고 싶은 것을 찾아서 문장으로 옮기기까지 시행착오가 있었다.

환상적인 소재를 일상에 적용시켜 현실과의 경계가 모호해지는 소설을 쓴다. 일상에서 경험하는 것들이 글감으로 이어지기도 하는가?

일상 속에 비일상적인 일이 겹치는 순간을 좋아한다. 현실에서 잠시 도망칠 수도 있고, 어떤 때는 반대로 현실이 더 복잡해져서 좋다. 그때 느낀 것들을 독자와 공유하자는 마음으로 글을 쓴다.

최근의 화두는?

두 개가 있는데 하나는 신체의 통증이다. 몸에 여러 사소한 통증이 있는데 이것에 대한 글을 쓰고 싶다는 생각을 자주 한다. 다른 하나는 정신적인 문제들이다. 우울증, 자존감, 소시오패스 등 정신과 관련된 키워드가 화제가 되는 요즘이다. 정신적인 문제에 관해 쓰고 싶어서 이것저것 조금씩 쓰고 있다.

그림 작품이 계기가 되거나 영감이 된 적이 있나?

환상적인 그림이나 사진을 좋아한다. 그림에서 직접 얻거나 여러 그림을 이어 놓고 이야기를 만들어 본 적도 있다. 「아무도 없는 숲」도 폐허가 된 도시의 그림이나 사진에서 글의 풍경을 일부분 가져왔다.

이야기를 짓는 것이 어떤 즐거움을 주는가?

이상하게 들릴 수도 있겠는데, 나에게는 글을 쓰는 것보다 더 즐거운 일이 딱히 없다.

꼭 일해 보고 싶은 일러스트레이터나 화가가 있다면?

작가 숀 탠Shaun Tan을 좋아한다. 국내에도 소개된 그의 작품 「도착The Arrival」, 「빨간 나무The Red Tree」, 「잃어버린 것The Lost Thing」 등을 좋아한다. 같이 일해 보는 것까진 아니더라도 한번 만나 보고 싶은 마음이 있다.

소설을 쓸 때 중요하게 생각하는 본인만의 원칙이 있다면?

자신의 욕망 때문에 독자를 속이려는 마음이 뻔히 드러나는 글을 싫어하고 그런 글은 쓰지 않으려 애쓴다.

소설에 확신이 들지 않을 땐 어떻게 하는가?

일단 멈추고 기다린다.

색다른 것을 해야 한다는 강박 관념은 없나?

늘 있다. 그래서 늘 새로운 것을 쓰려고 노력한다. 「아무도 없는 숲」도 그런 시도 중 하나다. 다음은 또 다른 글을 쓰고 싶다.

김이환에게 〈소설〉은 무엇인가?

삶과 세계에서 이것저것 마음에 드는 재료를 빌려와 재조합하고 그것에 상상을 섞어(그런데 상상 또한 삶과 세계의 일부분이다) 새로운 세계를 만들어 내는 것이다.

좋아하는 단편 소설을 꼽는다면?

보르헤스Jorge Luis Borges의 「파란 호랑이들Blue Tigers」를 가장 좋

아한다. 가장 좋아하는 작가는 브래드버리Ray Bradbury다. 그의 단편들을 좋아한다. 동료 한국 SF 작가들의 단편도 좋아하고 읽을 때마다 많은 자극을 받는다.

어떤 이야기를 쓰고 싶나?

어떤 때는 떠오르는 모든 이야기를 썼고, 어떤 때는 여러 소재 중 마음에 드는 것을 골라서 썼고, 어떤 때는 꼭 써야 한다는 마음가짐으로 작정하고 썼다. 한편으로는 다른 글이 아무것도 써지지 않아서 유일하게 써지는 글을 겨우겨우 썼던 때도 있었다. 그때그때 다르고 그때마다 방법을 바꾸고 있다. 그래도 세상에 내놓았을 때 부끄럽지 않은 글을 쓰자는 큰 목표는 있다.

" 주인공의 마지막을
잘 기록하고 싶었다 "

박혜미

「아무도 없는 숲」을 읽고 가장 먼저 떠오른 이미지는?

어느 날과 다르지 않는 아침의 빛과 소리가 떠올랐다. 밤보다 환

하고 낮보다 어두워 시간이 가늠되지 않을 때 가까운 거리에서 앞

집 아저씨의 빗질 소리가 들려오곤 했다. 그러면 어둡기만 하던

골목이 금세 환해지곤 했는데 마치 그런 풍경 앞에 있는 기분이었

다. 일상의 시작이 인식되는 순간의 감정과 잠에 덜 깨 몽롱해진

정신으로 바라본 희미한 이미지들.

「아무도 없는 숲」의 어떤 부분이 가장 마음을 끌었는지? 그

리고 그것을 어떻게 그림으로 표현했나?

누군가를 살리기 위해 노력하고 본인이 생각한 시간보다 더 살아나갔음에도 불구하고 주인공이 자살하는 설정이 마음에 들었다. 주인공의 마지막을 잘 기록하고 싶다는 생각에 화면을 최대한으로 나누고, 주인공 외의 인물들은 최소한의 설정 값으로 등장시켰다. 또 글과 그림의 방향은 같으나 분위기는 다르길 바랐다. 그림에서는 그녀의 감정이 최대한 배제되고 동선을 통해 감정을 유추할 수 있으면 좋겠다는 생각으로 구성했다.

평소에 오묘하고도 은유적인 배경과 함께 인물을 그린다. 「아무도 없는 숲」 속 인물과 배경에서는 무엇에 주목하였나?
숲과 폐허 그리고 원자력 발전소는 흔치 않아 생소한 장소였지만 최대한 일상적인 공간으로 그리고 싶었다. 소설을 언뜻 읽으면 아주 먼 곳에 일어나는 에피소드처럼 느껴지지만 이야기를 읽어 내려갈수록 우리에게 익숙한 공간이라는 느낌이 있었다. 인물들 역시 흔히 일상에서 보는 사람들로 그렸다. 평범한 차림으로 인물을 표현하고 우리에게 쉽게 노출되어 있는 공간으로 배경을 표현했다. 우리와 상관없는 일처럼 보이던 것들이 사실 우리 주변에서 일어나는 일들인 것처럼.

어떤 컬러를 즐겨 쓰나? 컬러로 무엇을 표현하는지?

먹을 칠한 다음 그 위에 색을 넣는 방식으로 작업한다. 먹으로 무드와 마티에르를 만들기 때문에 거의 모든 그림에 필수적으로 사용한다.

이번 작업에서 올리브색을 사용한 이유가 있나?

색을 하나로 지정하고 작업하는 것이 처음이라 고민이 많았다. 피폭의 느낌을 주기 위해 붉은 계열을 써 보기도 하고, 감정을 배제하는 느낌으로 푸른 계열을 써보기도 했었는데, 완성의 과정에서 묵직한 먹의 느낌과 상반되는 산뜻한 색을 사용하고 싶단 생각이 들었다. 이질적인 느낌을 주면서도 숲의 이미지를 넣고 싶다는 생각도 동시에 들어 최종적으로 그린 계열을 사용하기로 했다.

그래픽노블 작가로도 활동하고, 또 독립 출판도 하고 있다.
직접 출판을 해야겠다는 결심 또는 확신은 어떻게 얻었나?

일러스트레이터는 기다림에 익숙해져야 하는 직업이었다. 독립출판물을 만들게 된 건 자립할 수 있는 힘을 얻고 싶어서였다. 그때도 지금도 확신을 가지고 제작에 들어가는 건 아니다. 그저 표현하고 싶은 것이 생길 때 주저하지 않고 가볍게 시작되길 바라며 지속 가능한 개인 작업을 이어 가는 중이다.

요즘 관심을 두고 있는 주제나 생각이 있나?

가장 최근에 작업을 끝냈고 다시 이어 그려야 할 주제여서 그런지 〈우울〉에 대한 생각을 자주 한다.

의뢰를 받아서 하는 작업이 개인 작업에도 도움이 되나?

나의 경우는 반대이다. 개인 작업이 의뢰 들어온 일에 도움을 준다. 확실히 개인 작업은 시간의 틀이 없기에 시도의 경험치가 늘어나게 한다. 그것을 바탕으로 의뢰가 들어온 일을 하면 정해진 시간 내에 밀도 높은 작업을 하게 된다.

화가들에게서 영향을 받은 적이 있는지?

작업이 잘되지 않거나 회의감이 들 때 좋아하는 작가들의 그림을 꺼내 보는 편이다. 가장 많이 보는 작업은 데이비드 호크니David Hockney의 것인데, 매번 봐도 매번 좋다. 좋은 작업은 취향을 떠나 감탄하게 되고 이렇게 멋진 일을 나 역시도 잘 해내고 싶다는 가

습 벅찬 기분으로 다시 책상 앞에 앉곤 한다.

어떤 도구를 주로 사용하나? 또한 특별한 자신만의 작업 방
식이 있는지?

샤프와 마카, 색연필 그리고 종종 고체 물감을 사용한다. 앞에서
말한 것처럼 먹색을 눌러 사용한다. 그림에 깊이감과 마티에르를
위해서 사용하는데 마치 판화처럼 보일 정도로 오랜 시간을 들여
펜과 마카로 작업을 한다. 그게 좀 다른 작업 방식일 것 같다.

그리기 과정에서 중요하게 여기는 것은?

표현하고자 하는 것을 잘 표현했는지가 제일 중요하다. 그것이 무
드라면 무드를 잘 잡아 줬는지, 그것이 주제라면 주제를 잘 이끌
어 갈 수 있는 장치를 설정했는지 찬찬히 살핀다. 즉흥적으로 작
업하기보다는 나름의 설계가 끝난 후 작업을 하는 편이라 무엇을
말할 것인지에 대한 설정 값이 중요하다.

문학 작품을 읽으면서도 영감을 얻는지 궁금하다. 최근에 어
떤 작품을 읽었는가.

책이라면 다 좋아하지만 집에 가장 많이 쌓여 있는 건 시집이다. 틈나면 시집을 사와 읽는데 짤막한 문장이 주는 확장성을 좋아한다. 읽다 보면 그림이 그려지는 경우가 많아서 메모를 하거나 밑줄을 긋곤 하는데 나중에 보면 아이디어에 영향을 준 걸 확인할 때도 있다. 최근에 읽은 작품은 황현산 선생님의 『사소한 부탁』이다.

그림을 그릴 수 없는 상황이 닥친다면 어떤 식으로 〈그림〉의 욕구를 표현하겠는가?

그림을 그리는 것에 인생의 많은 시간을 사용한지라 그런 상황이 찾아온다면 다른 삶을 살아 보고 싶다고 생각한 적 있다. 그때는 표현의 욕구가 삶을 윤택하게 하는 취미 정도로 남아 있길 바라본다.

김이환

2009년 멀티 문학상, 2011년 젊은 작가상 우수상, 2017년 SF 어워드 장편 소설 우수상을 수상했다. 『양말 줍는 소년』, 『절망의 구』, 『디저트 월드』, 『초인은 지금』 등의 장편 소설과 여섯 편의 공동 단편집을 출간했다.

박혜미

일러스트레이터. 움직임들을 모아 기록하고, 작고 적은 것들을 만들어 가고 있다. 독립 출판물 『이름 없는 하루』, 『오후의 곡선』, 『동경』 등을 작업했다.

TAKEOUT 2.0
아무도 없는 숲

글 김이환 **그림** 박혜미 **발행인** 홍유진 **발행처** 미메시스

주소 경기도 파주시 문발로 253 파주출판도시

대표전화 031-955-4400 **팩스** 031-955-4404

홈페이지 www.mimesisart.co.kr **email** info@mimesisart.co.kr

Copyright (C) 김이환, Illustration Copyright (C) 미메시스, 2018, Printed in Korea.

ISBN 979-11-5535-150-5 04810 979-11-5535-130-7 (세트)

발행일 2018년 12월 1일 초판 1쇄

이 도서의 국립중앙도서관 출판예정도서목록(CIP)은 서지정보유통지원시스템 홈페이지 (http://seoji.nl.go.kr)와 국가자료공동목록시스템(http://www.nl.go.kr/kolisnet)에서 이용하실 수 있습니다. (CIP제어번호: CIP2018033682)

이 책은 실로 꿰매어 제본하는 정통적인 사철 방식으로 만들어졌습니다.
사철 방식으로 제본된 책은 오랫동안 보관해도 손상되지 않습니다.